LE LIVRE DU BIBLIOPHILE

PAR

ANATOLE FRANCE

LES LIVRETS DU BIBLIOPHILE
No 3

ÉDITIONS A.A.M. STOLS
MAESTRICHT
SE VEND CHEZ
CLAUDE AVELINE
43, RUE MADAME, 6e
PARIS
1926

LES LIVRETS DU BIBLIOPHILE
PUBLIÉS SOUS LA DIRECTION DE A.A.M.STOLS
No 3
ANATOLE FRANCE/LE LIVRE DU BIBLIOPHILE

De cet ouvrage, le troisième de la collection "Les Livrets du Bibliophile", il a été
tiré 350 ex. numérotés, ainsi répartis:
   10 sur papier du Japon (1-10)
   40 sur Hollande des manufactures Van
         Gelder Zonen (11-50)
300 sur vélin "Brédero" (51-350).
*

Outre les 350 exemplaires mis dans le
commerce, il a été tiré quelques exemplaires sur des papiers différents numérotés en chiffres romains pour les amis de
l'auteur et de l'éditeur.
*

ANATOLE FRANCE
LE LIVRE DU BIBLIOPHILE

ÉDITIONS A.A.M. STOLS
MAESTRICHT
SE VEND CHEZ
CLAUDE AVELINE
43, RUE MADAME, 6e
PARIS
1926

EN 1874, l'éditeur Lemerre décida de publier un petit ouvrage, afin d'initier le bibliophile aux mystères de l'édition et de lui montrer, par la même occasion, que les volumes à la marque du bêcheur nu devaient contenter les plus difficiles. Il confia l'établissement de ce texte à son lecteur: Anatole France. „Le Livre du bibliophile" parut alors. Il ne portait pas de nom d'auteur et l'éditeur, en en signant l'avertissement, laissait croire que c'était lui. Mais on connait le manuscrit. S'il contient des corrections d'Alphonse Lemerre, le texte n'en est pas moins entièrement de la main d'Anatole France.

I

AVERTISSEMENT

Ce travail a pour objet d'exposer les points principaux de l'art auquel nous nous sommes adonné tout entier, et de déterminer les conditions que doit, à notre avis, nécessairement remplir une édition pour être digne d'être appréciée et estimée des véritables connaisseurs.

Nous ne parlerons guère que de la réimpression des vieux écrivains, non que la publication des oeuvres contemporaines nous paraisse d'un moindre prix, mais parce que les textes anciens présentent à l'éditeur des difficultés particulières et qu'une nouvelle publication de ces textes universellement connus est vaine quand elle n'est pas à peu près définitive.

Nous examinerons en peu de mots les soins qu'exige le Livre depuis l'élaboration du manuscrit ou, pour parler le langage technique, de la copie *qui doit être livrée à l'imprimeur, jusqu'au moment où le volume parachevé entre, vêtu de sa reliure, dans la vitrine du bibliophile.*

Pour cette longue série d'opérations si différentes, si variées, le libraire-éditeur a de nombreux auxiliaires: homme de lettres, fondeur, imprimeur, fabricant de papier, dessinateur, graveur, brocheur, relieur, etc., tous concourent au même but: la perfection du livre; mais il importe que l'éditeur-libraire entretienne constamment l'harmonie de leur concours dans l'exécution d'une entreprise qu'il a conçue et dont il peut seul embrasser l'ensemble.

Nous examinerons successivement le livre sous les rapports du texte, *de l'impression, de l'ornementation, du* papier, *et de la* reliure.　　　A. LEMERRE.

I

DU TEXTE

ÉTABLIR un bon texte est d'une importance de premier ordre.C'est là le but capital d'une *réimpression*, et les soins plastiques si complexes dont ce texte va être l'objet ne tendront qu'à le mettre en lumière selon toutes les convenances et, par conséquent, avec une parfaite beáuté. Tout le travail de l'éditeur sera dépensé en pure perte s'il ne s'exerce pas sur un texte irréprochable. Il y doit songer et, s'il entreprend des séries, s'il forme des bibliothèques classiques ou curieuses, il faut qu'il applique, quant à la publication des textes, certaines règles déterminées d'avance, et qu'il s'assure le concours exclusif des lit-

térateurs et des érudits qui admettent ces
règles.

Voici celles que, d'accord avec nos colla-
borateurs, nous suivons inflexiblement
pour les textes qui entrent dans la *Collection Lemerre,*dans la *Petite Bibliothèque
littéraire* et dans la *Bibliothèque d'un
curieux*. Chacun des volumes de ces collections reproduit les formes du texte original avec l'exactitude la plus rigoureuse.
L'orthographe et la ponctuation propres
à chaque auteur y sont scrupuleusement
conservées. Nous croyons, en effet, que
des mille détails de la ponctuation et de
l'orthographe dépend, en partie, la physionomie générale d'un écrivain, et que
modifier ces détails c'est altérer le caractère de l'ensemble.

Il est fréquent de voir, dans les textes originaux des écrivains duXVIe et duXVIIe

siècle, un même mot écrit de deux façons différentes à quelques lignes d'intervalle. Nous n'avons jamais été tenté, comme on l'est communément encore, d'adopter pour les deux endroits une seule forme grammaticale. Les deux leçons nous paraissent, au contraire, utiles à garder comme un témoignage de l'indécision dans laquelle a si longtemps flotté l'orthographe française.

On a prétendu que le souci des points et des virgules, des capitales et des particularités orthographiques est propre aux auteurs contemporains et que nos classiques ne l'avaient point. Mais, en réalité, un souci de cette nature n'est pas plus nouveau que ce soin de la forme qui surprend si fort le public chez les poëtes modernes et qui est commun aux vrais poëtes de tous les temps. Les éditions originales

des classiques sont loin de ne présenter
que des singularités peu philologiques,
dues au caprice des compositeurs igno-
rants. L'orthographe y est variable, mais
non arbitraire, et la ponctuation y frappe
l'observateur attentif bien plus par sa
fixité que par son apparente bizarrerie.
Si Jean Racine n'a pas relu scrupuleusement les épreuves de la dernière édition
de son théâtre, La Fontaine multipliait
les *errata* à la suite des recueils de ses
Fables, montrant ainsi qu'il n'était point
indifférent à la correction typographique
de ses œuvres. Molière, peu soucieux que
ses pièces fussent imprimés, tenait du
moins à ce qu'elles le fussent correcte-
ment.

Nous ne voulons pas être plus dédaigneux
que ces grands hommes. Pour obtenir
l'exactitude qui nous est précieuse, nous

reproduisons fidèlement la dernière édition publiée du vivant de l'auteur, toutes les fois que cette édition a été revue ou tout au moins avouée par lui. Mais s'il nous a suffi de suivre cette règle pour établir presque totalement les textes de Rabelais, de Régnier, de La Fontaine, de La Rochefoucauld, de La Bruyère, etc., nous l'avons reconnue insuffisante pour les écrivains qui, comme Molière, sont morts en laissant inédite une grande partie de leur œuvre, et complètement inapplicable à ceux qui, comme Montaigne, ont corrigé et amplifié leur livre après l'avoir livré pour la dernière fois à l'imprimeur. Dans ces différents cas nous reproduisons, à défaut des manuscrits le plus souvent perdus, celle des éditions posthumes qui a été faite dans les meilleures conditions pour reproduire la pen-

sée de l'auteur. Ainsi nous donnons les
Essais d'après le *bon et vieil exemplaire*
de mademoiselle de Gournay et nous suivons, pour les pièces que Molière ne fit
pas lui-même imprimer, le texte que
produisirent ses camarades Lagrange et
Vinot.

Cette réforme n'est pas un caprice qui
nous est propre: elle est dans l'esprit du
temps et elle éclate de divers côtés. Le
public recevrait mal aujourd'hui des classiques mis à la mode du jour. Un Rabelais ,,accommodé en nouveau langage"
n'aurait pas la fortune qu'il eut au XVIIe
siècle. Les formes grammaticales et orthographiques des écrivains classiques
ont acquis pour nous le prix qui s'attache
aux choses anciennes. Mais il faut avouer
que, si l'on suit enfin les éditions originales, on les suit généralement de trop

loin. Si le temps n'est plus où M. Aimé
Martin, littérateur hautement estimé
d'ailleurs, accueillait dans son texte de
Racine des corrections introduites par La
Harpe sous prétexte d'élégance et de bon
goût, il n'est pas moins vrai que M. Bur-
gaud des Marets a pu, il y a quelques années, relever plus de trente mille fautes
dans la meilleure des rééditions de Montaigne. Plus récemment encore on a con-
staté, dans une édition nouvelle de Rabelais, une omission de neuf lignes dans un
même livre, et cela parce que l'éditeur
ne s'était pas donné la peine de recourir
aux textes originaux.
Nous ne confondons pas avec ces fâ-
cheuses légèretés les efforts de quelques
savants éditeurs qui suivent avec une con-
sciencieuse régularité un système diffé-
rent du nôtre, et qui, tout en collation-

nant avec soin leurs éditions sur les textes originaux, appliquent à ces textes l'orthographe de Voltaire et la ponctuation moderne. Nous sommes persuadé qu'on peut faire de bons livres d'après cet ancien système, mais nous pensons que nos éditions, conçues comme nous venons de le dire, doivent offrir, au point de vue philologique, un intérêt particulier et plaire, par un charme spécial, aux esprits doués d'un sentiment littéraire vraiment délicat. Ces éditions ont incontestablement l'avantage d'être les seules d'après lesquelles on puisse faire soit un glossaire, soit tout autre travail de grammaire historique. Enfin elles rentrent dans la définition qu'un savant contemporain donne des bonnes éditions:

„L'élément essentiel des bonnes éditions est toujours dans l'étendue et dans l'exac-

titude des notions grammaticales, appu-
yées subsidiairement sur les indications
lexicographiques et sur la comparaison
des manuscrits." (1)
Une observation importante trouve sa
place ici. Certains éditeurs lettrés ont
commis, en publiant des poésies, des
fautes graves dont la connaissance des
lois prosodiques les eût certainement pré-
servés.
M. Génin, si prisé d'ailleurs comme phi-
lologue, a reproduit, dans son édition de
la *Farce de Maître Pathelin*, plusieurs
vers faux que M. Littré a aisément cor-
rigés. Il était pourtant impossible de
supposer que l'auteur de tant de vers si
bien faits en eût laissé échapper de trop
longs ou de trop courts. Nous faisons cette

---

(1) Littré, *Histoire de la langue française*, I, 133.

13

remarque appuyée de cet exemple pour montrer combien il est indispensable d'être aussi attentif à la prosodie qu'à la grammaire, quand il s'agit d'éditer les œuvres d'un poète.

Le texte une fois établi, il convient de l'éclaircir sur tous les points où soit la distance des temps, soit toute autre cause, a mis quelque obscurité. C'est là le principal objet des notes. Nous les plaçons à la fin de chaque volume, mêlées aux variantes, et non pas au bas des pages, où elles ont l'inconvénient de noyer le texte si elles sont abondantes et, dans tous les cas, de distraire de l'œuvre elle-même l'esprit du lecteur. Chaque note est précédée de l'indication de la page et de la ligne auxquelles elle se rapporte ; car, dans notre respect religieux pour les grands écrivains, nous n'avons point voulu interrompre leurs phrases, selon l'usage commun, par des chiffres ou des astérisques. L'absence de ces petits signes contribue à donner à nos livres la pureté d'aspect que nous recherchons.

La Notice biographique et, quand il est besoin, le Glossaire complètent le travail de l'éditeur littéraire.

Ce que ce travail coûte de peine et exige de savoir, d'esprit ingénieux, de sens critique,ce n'est point à nous de le dire, mais nous devons signaler ici, à la reconnaissance du public lettré, les hommes laborieux et érudits, tels que MM. Marty-Laveaux, Charles Royer, Charles Asselineau, Alphonse Pauly, Ernest Courbet, Etienne Charavay, Anatole France, F. de Caussade, Eugène Réaume, dont l'actif et intelligent concours nous a permis de publier, en moins de six années, un

grand nombre de volumes dans lesquels
les plus illustres de nos écrivains classiques revivent en leur intégrité première.

II

DE L'IMPRESSION

Des Caractères

Les caractères dits *elzéviriens* ont été remis en honneur par M. Perrin, de Lyon. Ces caractères, fort beaux en eux-mêmes, nous donnent, pour le cas qui nous occupe principalement, c'est-à-dire pour la réimpression des vieux écrivains, l'avantage d'un archaïsme en harmonie avec les textes. Leur emploi dans cette circonstance concourt à produire cet effet de couleur locale si justement recherché de nos jours.

Au reste, ce nom d'*elzévirien* ne doit pas être pris à la lettre. Ce n'est point là une désignation précise, car on l'applique in-

17

différemment à des types du XVIe, du XVIIe et même du XVIIIe siècle, assez dissemblables les uns des autres.

Les caractères employés par Louis Elzevir et par ses cinq fils, qui furent imprimeurs à Leyde, à La Haye, à Utrecht et à Amsterdam, au commencement du XVIIe siècle, sont loin d'ailleurs d'être plus beaux que ceux dont les libraires de Lyon ou de Paris faisaient usage au siècle précédent. Mais Louis Elzevir passe pour avoir, dès la fin du XVIe siècle, inauguré une réforme qui a prévalu: c'est lui, dit-on, qui le premier distingua dans les minuscules les *u* et les *i*, voyelles, des *v* et des *j*, consonnes. Quoi qu'il en soit, les Elzevir, bien qu'inférieurs aux Estienne pour la correction des textes, sont justement estimés comme ayant produit, à une époque où l'art de l'imprimerie som-

meillait en France, une longue série de
petits volumes établis avec goût et tirés
avec soin. Leur mérite est grand sous ce
double rapport ; mais ce serait une erreur
de croire qu'ils possédaient en propre les
caractères connus aujourd'hui sous leur
nom. Dès 1550, Haultin, de la Rochelle,
employait les caractères dont les Elzevir
devaient plus tard se servir.

Vers 1855, un homme qui fit beaucoup
pour son art et dont la mémoire doit être
grandement estimée comme celle d'un
artiste inventif et délicat, M. Perrin, imprimeur à Lyon, trouva dans la vieille
fonderie lyonnaise de MM. Rey des poinçons et des matrices du XVIe siècle. Il
en acquit une partie ; il dessina et fit gra-
ver les séries qui lui manquaient, et il ob-
tint ainsi ces caractères dont l'ancienneté
faisait, à proprement parler, la nouveau-

té, et qu'il ne contribua pas peu à mettre à la mode.

A la même époque, et poursuivant le même but, M. Claye, l'imprimeur distingué, se livrait à des recherches dans toutes les anciennes fonderies de caractères de Paris: tant il est vrai qu'il se manifestait alors un retour vers le goût des types anciens! Mais ses efforts restèrent infructueux, et n'eurent d'autre résultat que de l'amener à constater que toutes les anciennes matrices en cuivre rouge avaient été converties en gros sous par la Révolution.

M. Claye ne se rebuta point: il poussa ses recherches jusqu'à Lyon, vieux centre abandonné d'imprimerie populaire, et c'est dans la fonderie séculaire de la famille Rey qu'il retrouva et acquit une partie importante d'antiques poinçons et

matrices échappés à la destruction. ——
C'est ainsi que les maisons Perrin, de
Lyon, et Claye, de Paris, possèdent véri-
tablement les types du XVIe siècle.
M. Jannet, de son côté, fit fondre des caractères d'un type analogue. L'éditeur de
la *Bibliothèque elzévirienne*, dont la mort
encore récente est une grande perte pour
la Librairie, était doué d'un esprit plus
ingénieux, plus industrieux encore qu'artistique. Les caractères qu'il employa,
d'une forme resserrée, n'ont pas toute la
pureté désirable. Nous n'en reconnais-
sons pas moins que M. Jannet doit être
cité avec honneur parmi ceux qui ont
contribué à la renaissance moderne de
l'art typographique.
Mais des difficultés sérieuses, issues de la
complication des nécessités artistiques et
commerciales en face d'un public dont

l'éducation bibliographique était encore imparfaite, arrêtèrent bientôt l'essor des beaux livres. M. Perrin ne consacrait guère ses excellents caractères qu'à des ouvrages d'un intérêt ou médiocre, ou purement local. A part les *Sonnets de M. Soulary*, et plus récemment les *Œuvres de Molière*, il ne sortait de ses presses que des poésies restées obscures et des travaux d'histoire provinciale. M. Jannet, qui, au contraire, avait entrepris une bibliothèque dont le cadre, trop peu défini, s'ouvrait aux vieux classiques français, avait été contraint, malgré son zèle, de suspendre ses réimpressions. Ce fut ce découragement qui détermina, dans notre esprit, la publication de *La Pléiade françoise*. Le prospectus parut en 1865, et le premier volume fut achevé l'année suivante. Notre dessein en publiant les sept

poëtes de la Renaissance était d'empêcher, autant qu'il était en nous, que l'art
de réimprimer fidèlement les textes originaux, en leur conservant leur physionomie primitive, se perdît. *La Pléiade*
servit de dédicace à notre maison.
Les bibliophiles qui ont bien voulu suivre
nos travaux savent que nous avions dès
lors l'idée de réimprimer, selon un plan
nettement défini, les principaux monu-
ments de la langue française; notre pro-
jet est déjà réalisé en partie. Heureux si
nous avons pu donner aux livres de nos
collections quelque chose de cette beauté
correcte et sérieuse qu'avec l'aide de précieux auxiliaires nous poursuivons de tous
nos efforts!
En mettant à part les superbes séries que
possèdent les maisons Perrin, de Lyon, et
J. Claye, de Paris, les caractères elzévi-

riens les mieux copiés sont, jusqu'à ce
jour, ceux de la *Fonderie générale* et ceux
de MM. Laurent et Deberny; le *six, petit
œil* dont nous nous sommes servi pour le
Livre des sonnets et pour notre texte
d'*Horace*, et qui a été gravé par cette
dernière maison, est fort beau.
Notre souhait serait de voir copier exactement les types du XVIe siècle. On ne
l'a pas fait jusqu'ici. Cependant il n'est
pas de types plus beaux que ceux employés de 1525 à 1600. Les arts industriels,
c'est-à-dire les arts mêlés à la vie, floris-
saient alors dans toute la splendeur d'une
expansion unique. Le beau était chose
familière et à la portée de tous les arti-
sans. L'ouvrier savait donner une forme
superbe aussi bien à une lettre moulée
qu'à la grille d'un parc ou à la cheminée
d'une grande salle. Lors de la Renais-

sance, la tournure des capitales, des italiques, les contours de l'&, du &, toutes
les ligatures et toutes les lettres doubles
avaient une beauté non retrouvée depuis.
C'est ici le lieu de rectifier une erreur
commune à presque tous les typographes
actuels, et qu'on trouve aussi bien dans
plusieurs des livres édités par nous que
sur le titre même des *Annales archéolo-
giques de France.* Nos imprimeurs emploient comme un F une lettre du vieil
alphabet des capitales à queue qui au
XVIe siècle était uniquement un J. La
barre de ce J (*J)* a occasionné cette con-
fusion fâcheuse. Il suffit d'ouvrir le Régnier de 1608 pour se convaincre de l'erreur et partant ne pas la commettre.
Il est bien évident que la netteté du tirage
dépend, en grande partie, de la pureté
des caractères, et qu'avec des lettres usées

par un trop long service et passées,comme
on dit, à l'état de têtes de clou, on ne peut
obtenir qu'une impression d'un aspect
trouble et confus. Tout imprimeur qui a
quelque soin de son art et de sa réputation
sait qu'il doit renouveler souvent la fonte
de ses caractères.

*

De la Mise en pages

C'est dans les dispositions judicieuses de
la mise en pages que l'éditeur montre s'il
a du goût ou s'il en est dépourvu. Dans le
premier cas, il peut se tromper; qu'on
veuille bien excuser ses erreurs! Dans le
second, il produit des éditions défectueu-
ses, et les bibliophiles n'ont point à se
soucier de lui. Ces réflexions faites, nous
nous permettrons quelques remarques.

26

La *justification*, c'est-à-dire le contour
extérieur du texte, est évidemment en re-
lation avec la grandeur totale du feuillet.
Il doit y avoir harmonie. Une marge trop
grande est presque aussi laide qu'une
marge trop petite. Quelques volumes éta-
lent le faux luxe d'un petit texte perdu
comme une île dans un océan de blanc.
Jamais de telles fantaisies ne plairont à
ceux qui savent que le beau consiste dans
la convenance des proportions.

Par la même raison, des caractères trop
gros sur une page de petite dimension dé-
plaisent à l'égal d'un texte trop fin sur un
grand feuillet.

Pour les livres archaïques, nous songeons
tout particulièrement à ceux qui dans leur
forme extérieure procèdent du XVIe
siècle; nous demandons que les imprimeurs varient plus qu'ils ne le font la

composition des titres, des têtes de cha-
pitre et des titres courants. Ils n'y emploient que des capitales; s'ils les mélan-
geaient avec des italiques, des bas de casse
et des lettres à queue, ils éviteraient l'uni-
formité, ils réjouiraient l'œil: ce qui doit
toujours être le but des arts industriels.
Les imprimeurs du XVIe siècle le sa-
vaient: leurs titres, peu imitables à divers
points de vue, sont du moins d'excellents
modèles quant à la variété des caractères.
Pour que l'aspect d'une page soit satis-
faisant, il faut que la distance qui sépare
les mots soit régulière et ne présente pas
ces *saignées*, c'est-à-dire ces petits canaux
blancs que l'œil, désagréablement affecté,
voit parfois courir d'une ligne à l'autre,
dans un trajet oblique, sur la moitié ou
les trois quarts de la page. L'éditeur doit
y veiller.

Pour les livres d'une véritable importance, l'éditeur tire habituellement un
nombre d'exemplaires étroitement limité
sur des papiers de choix, tels que hollande, whatman et chine.
Tout amateur estime à sa juste valeur un
tirage de cette nature, fait avec changement d'imposition, exigeant par là les
frais d'une mise en train nouvelle et pré-
sentant l'avantage de marges agrandies
proportionnellement, aussi bien dans le
fond que sur les trois autres côtés de la
justification. Au contraire, un tirage sur
papiers de choix sans changement de
justification n'augmente la valeur de
l'exemplaire qu'en raison de la différence
du papier et du faible chiffre du tirage.
Nous avons eu recours à ces deux sys-
tèmes. Pour la *Collection Lemerre*, nous
n'avons point reculé devant les frais d'une

imposition nouvelle spéciale aux exemplaires sur papiers de choix, voulant contribuer à donner par là à cette collection de nos classiques la richesse qu'elle comporte. Une considération particulière nous a fait employer l'autre système pour la *Petite Bibliothèque littéraire*. Nous avons pensé qu'agrandir par une justification nouvelle les exemplaires de choix de cette bibliothèque, c'eût été leur ôter le caractère propre à cette collection, qui doit d'être de petite dimension, d'un format de poche intime et commode.

*

Du Tirage

Mais l'action efficace de l'éditeur cesse quand il a donné le *bon à tirer*. C'est pourtant du tirage que dépend la bonne ou la mauvaise réussite du livre, et tous les soins antérieurs sont perdus si le tirage laisse à désirer. Cette réussite, qui tient en partie à plusieurs circonstances fatales, telles que les influences atmosphériques, est due encore et surtout à l'encre qu'on emploie. Si l'imprimeur ne se procure pas une encre dont la composition chimique soit satisfaisante, les feuillets qu'il imprime maculeront inévitablement, même au bout d'un certain temps. Le tirage dépend beaucoup aussi des soins qu'y donne l'ouvrier. Celui-ci donc a sa part d'honneur ou de blâme : il est de sa dignité de s'en préoccuper sérieusement. Il faut qu'il ait la passion de son art : on ne fait bien que ce que l'on aime.

Le rouleau qu'on emploie pour encrer est d'ordinaire en colle forte et en mélasse. Nous préférerions le miel à cette dernière

substance, parce que le miel est pur de
scories et donne du *mordant* à la lettre.
Par les extrêmes chaleurs il s'amollit et
donne trop d'encre; par les grands froids
il durcit, et, comme disent poétiquement
les hommes du métier, il n'y a plus d'a-
mour entre le rouleau et la lettre. L'éditeur doit savoir que l'on ne doit pas tirer
par des températures extrêmes.
Personne n'ignore que la presse à bras est
aujourd'hui remplacée par la machine,
qui opère avec une vitesse incomparable-
ment plus grande. Les bons imprimeurs,
pourtant, ont tous encore une presse à
bras qu'ils réservent aux travaux de luxe.
Nous ne manquons jamais d'y faire tirer
nos papiers de choix; nous obtenons ainsi,
avec de bons ouvriers, une netteté qui se
remarque surtout dans la belle venue des
fleurons, des culs-de-lampe et des lettres

ornées. Cette netteté, cette pureté d'aspect est due à la main humaine, qui est encore, quoi qu'on dise, le plus admirable des instruments. Il serait absurde de vouloir étendre l'emploi si lent de la presse à bras hors du domaine des produits du plus grand luxe; la supprimer entièrement serait se priver du seul moyen qu'on ait d'obtenir des tirages d'une parfaite beauté; mais il faut un bras habile, vigilant, prompt à réparer les fautes. Une bonne machine, à tout prendre, vaut mieux qu'un mauvais ouvrier.

Un bon tirage ne doit être ni trop gris, ni trop noir; il ne doit présenter aucune différence de nuances ni dans l'ensemble des feuilles ni, à plus forte raison, sur une seule feuille ou sur une seule page. La *mise en train* est l'opération qui le prépare: elle est fort importante et très-délicate. Faire soigneusement les découpages; une bonne couleur une fois déterminée, la *suivre* d'un bout à l'autre de l'ouvrage; éviter les bavochures qui ont l'inconvénient d'encrasser l'œil de la lettre; régulariser le foulage; telles sont quelques-unes des conditions d'une belle impression. Lorsqu'elle a été bien faite et que l'encre dont le rouleau est enduit n'est pas trop épaisse, on peut tirer: on a mis de son côté toutes les chances de réussite.

Les bons imprimeurs savent qu'il ne faut glacer ni le papier de Chine, ni le papier de Hollande: autrement celui-ci perdrait sa beauté, l'autre deviendrait méconnaissable. On sait aussi qu'il ne faut ni glacer ni mouiller les peaux; elles doivent avoir été placées, en attendant le tirage, dans dans un endroit humide, tel qu'une cave,

et s'être suffisamment assouplies. Après
le tirage, il faut avoir grand soin de mettre les peaux entre des cartons ou des
planches chargées de poids assez lourds
pour que, en séchant, les peaux ne godent
pas.

*

Du Satinage et du Brochage

Quand les feuilles sont tirées, on remet
le livre au brocheur, qui, avant toute
chose, doit le faire parfaitement sécher.
Le satinage opéré sur des feuilles hu-
mides les macule.
Au reste, le brocheur ne doit pas satiner
indistinctement tous les papiers, parce
que, si le satinage convient à ceux qui
sont doux et lisses, cette opération ne
pourrait que gâter ceux qui, comme le

35

papier de Chine, sont essentiellement
spongieux, et dénaturer d'une façon dé-
plorable ceux qui, comme le Hollande,
doivent leur beauté aux aspérités de leur
surface et à la contexture de leur grain.
Un bon satinage doit être fait feuille à
feuille; sans ce procédé, les feuilles inté-
rieures n'étant pas satinées courraient le
risque d'être maculées.
Le brocheur doit plier exactement les
feuilles. Il en est qu'il coupe par quarts;
s'il les coupe mal, la faute est irréparable.
Il ne lui suffit pas d'avoir une machine
qui coupe cinq cents feuilles à la fois; il
faut encore et surtout que ces feuilles ne
soient pas coupées de travers. L'art de
brocher exige, comme toute chose, une
longue expérience et des soins constants.
L'éditeur ne peut que commander et sur-
veiller.

III

DE L'ORNEMENTATION

La bonne ou mauvaise ornementation
d'un livre dépend du choix et de la dis-
position des fleurons, des culs-de-lampe
et des lettres ornées.
Il est démontré que,pour décorer un livre
aussi bien qu'une maison ou qu'une fontaine, il ne suffit pas du talent individuel
d'un bon artiste, il faut adopter un *style*.
Or un style est le propre, non d'une personne,mais d'un temps. Il est des époques
qui, pour des raisons très-complexes,
n'ont pas de style et sont réduites, dans
les arts industriels, à reproduire et à ap-
pliquer les différents styles des siècles antérieurs. Telle semble être l'époque présente. Nous hasardons ces généralités

avec beaucoup de réserve, mais elles nous sont inspirées de toutes parts. Nous voyons la joaillerie, l'orfèvrerie et le mobilier actuels revêtir les formes les plus belles et les plus caractéristiques des styles anciens, sans en inaugurer beaucoup de nouvelles. Nous dirions, si c'était ici le moment, que l'architecture, qui fournit communément à tous les arts industriels les motifs essentiels dont l'ensemble constitue un *genre*, un *style*, ne leur offre guère, dans la période contemporaine, que des réminiscences d'origines diverses et peu propres à former un ensemble harmonieux.

Malgré ce qui a été tenté de 1835 à 1845, l'art moderne, livré à ses seules ressources, n'a rien apporté de caractéristique à la décoration du livre. Les artistes ont illustré les textes de vignettes dont quelques-

unes ont un grand mérite intrinsèque; ils
n'ont imaginé aucun système ornemen-
tal d'une physionomie particulière. Le
Gil Blas avec les bois de Gigoux et le
Paul et Virginie publié par Curmer sont
des livres à juste titre recherchés pour les
excellentes figures qu'ils contiennent,
mais ces figures, qu'elles soient hors du
texte ou dans le texte, sont des *sujets* et
non des ornements. Ce sont autant de petits tableaux composés uniquement en
vue d'eux-mêmes et nullement dans un
but de décoration.

Le XVIe siècle est le grand siècle de l'ornement typographique. Alors les fleurons, les lettres ornées, les culs-de-lampe,
sont riches en motifs de la plus belle
frappe. C'est l'époque des lettres niellées,
des lettres à fond sablé, des lettres à sujets. Les ornements venus d'Italie, déli-

catement modifiés par la main française,
portent tous l'empreinte d'un style unique et magistral. En ce temps-là, des
artistes illustres, les Jean Cousin, les
Geoffroy Tory, les Petit Bernard, ne dé-
daignaient pas de dessiner des lettres et
des ornements pour de beaux livres.
Le XVIIe siècle néglige l'ornement et
s'applique surtout à la composition des
grands sujets, des frontispices et des por-
traits superbement dessinés et gravés.
Le XVIIIe siècle, le siècle charmant du
rococo, associe avec un art exquis le sujet
à l'ornement et mêle heureusement l'illustration et la décoration.
C'est sous Louis XV que de petits culs-
de-lampe, commencés à l'eau-forte et fi-
nis au burin présentent des Amours et des
Génies dans des ornements de coquille et
de rocaille.

Alors les *grands petits maîtres de la vignette*, les Eisen, les Cochin, les Gravelot, les Marillier, ornementaient eux-mêmes les livres qu'ils illustraient. Les gravures sur cuivre prenaient place dans le texte même, en haut et en bas des pages, variant à l'infini sur les feuillets les motifs que portaient, dans le même temps, les trumeaux et les dessus de porte des boudoirs, ou les moulures des œils-de-bœuf aux façades des châteaux.

Nous ne rappelons de l'art de la Renaissance et de l'art du XVIIIe siècle que ce qui est strictement nécessaire pour indiquer l'application qu'on en peut faire à la décoration des livres nouveaux. Pour nous, qui nous sommes particulièrement occupé de la réimpression des écrivains classiques en caractères dits *elzéviriens*, nous avons dû adopter, pour les orne-

ments, le style du XVIe siècle, qui est le
plus en rapport à la fois avec la forme
typographique et l'esprit de nos auteurs.
Une copie exacte de tels ou tels fleurons,
de telles ou telles lettres ornées, nous a
paru œuvre en quelque sorte stérile et
d'ailleurs d'une exécution peu satisfaisante. Nos procédés actuels de gravure,
étant plus délicats, plus fins que ceux
d'autrefois, sont par cela même mal ap-
plicables à la reproduction servile des bois
du XVIe siècle. Nous ne saurions imiter
aujourd'hui la taille épaisse, large et peu
minutieuse de la vieille gravure d'ornement. Nous sommes forcés, dans une
simple copie, d'amaigrir le trait et d'ôter
de la sorte à l'ensemble quelque chose de
son caractère. Aussi avons-nous été heureux que M. Renard, artiste d'un rare
talent décoratif, voulût bien desssiner

pour nous des bois, des culs-de-lampe et
des alphabets niellés qui, par le style,
procèdent de la Renaissance, mais qui,
par la liberté des combinaisons et la nou-
veauté du faire, sont des œuvres originales.

Les vignettes sur cuivre, intercalées dans
le texte, comme fleurons ou culs-de-
lampe, à la façon du XVIIIe siècle, nous
paraissent également fournir des ressources décoratives à l'éditeur moderne,
mais à la condition qu'elles soient non
point seulement de petites compositions,
de petits tableaux en miniature, mais bien
des ornements en rapport avec les dispositions typographiques de la page; le graveur alors devra songer moins à la perfection et au fini de son travail qu'à la dispo-
sition des ombres et des lumières et à
l'effet de l'ensemble.

Il n'est pas dans notre sujet de parler de l'illustration proprement dite. Nous ferons seulement une remarque qui, si simple qu'elle soit, est rendue utile par la tendance que certains amateurs ont à estimer les livres à figures indépendamment du mérite même de ces figures. Il ne suffit pas qu'un livre contienne plusieurs eaux-fortes pour être un livre précieux; il faut que ces eaux-fortes soient bonnes en elles-mêmes, et, en outre, il est à désirer qu'elles soient en harmonie avec l'esprit et la forme du livre qu'elles illustrent; sans cela, ce sont des images qui nuisent aux livres, au lieu de les orner et de les servir.

IV

DU PAPIER

Bien qu'on se serve aujourd'hui de papier
de coton pour la presque totalité des livres, le papier dit de Hollande est le seul
qui soit durable, solide, riche, et con-
vienne aux livres de luxe.
Ce papier n'est pas originaire de la Hollande comme son nom pourrait le faire
croire: après la révocation de l'Edit de
Nantes, les principaux fabricants allèrent
exercer leur industrie en Hollande et
nous envoyèrent dès lors leurs produits.
La maison Blanchet et Kléber, qui fabrique son papier à Rives et dont le dépôt
est à Paris, obtient un papier façon de
Hollande, pur fil, d'une excellente quali-
té. Ce papier, résistant et sonore, doit à

l’intégrité même de la matière première
d’être très-sec, un peu bleu et un peu
cassant.

Le maison Darsy, qui reçoit le dépôt des
fabriques de Dambricourt frères, de
Saint-Omer, fournit un papier d’un moelleux et d’une blancheur très-agréables,
dus, sans doute, à l’emploi d’une faible
partie de coton.

Nous citerons encore la maison Morel et
compagnie, qui fabrique à Arches (Vos-
ges) des papiers de fil excellents.

Bien que les produits de ces fabriques
françaises soient très-satisfaisants, nous
devons nommer ici la maison Van Gel-
der, d’Amsterdam, dont les dépositaires à
Paris sont MM. Havard et Lips, qui na-
guère donnait un papier bleuté d’un aspect déplaisant et qui maintenant égale,
avec ses papiers d’un ton un peu jaune,

les produits de nos meilleurs fabriques.
Les papiers anglais, très-collés, d'une ex-
trême blancheur, n'offrent pas des garan-
ties exceptionnelles de durée, mais ils
présentent une netteté d'aspect vraiment
admirable. Ceux de la marque Whatman,
entre tous, sont d'une pureté qui les rend
particulièrement propres à recevoir les
dessins au lavis des architectes. On comprend que des papiers d'un tissu aussi ré-
gulier et aussi fin doivent concourir sérieusement à la magnificence d'un livre.
Une modification importante s'est intro-
duite dans la fabrication du papier: les
pilons, qui autrefois broyaient le fil, ont
été remplacés par des cylindres qui le
tranchent et le hachent. On sent bien que
ce dernier mode d'opérer, beaucoup plus
rapide que l'autre, a l'inconvénient de
produire une pâte moins liée, d'où ré-

sulte un papier moins solide. Mais c'est
là une nécessité moderne qu'il faut subir.
En basse Normandie, dans la vallée de
Vire, quelques petites usines ont encore
conservé leur ancien outillage de pilons
ou marteaux, etc.

La durée du papier dépend en grande
partie de la matière employée: le chanvre, sous ce rapport, est préférable au lin.
Les papiers de chanvre ou de lin se font
encore à la main. C'est ce qu'on nomme
les papiers *à la forme*. On comprend que
la beauté de leur façon et l'égalité de
la feuille est forcément limitée par la
longueur du bras de l'homme et par le
champ que peut parcourir la vannette.

On est d'abord frappé de l'apparente
étrangeté des noms par lesquels on distin-
gue les unes des autres les diverses sortes
de papiers: le *pot*, la *couronne*, l'*écu*, le

raisin, le *jésus*, le *grand soleil*, le *grand aigle*, ces noms viennent de la marque qu'ils portaient autrefois dans leur fil et qu'on pouvait voir en plaçant la feuille entre l'œil et le jour. Cette marque représente, en effet, tantôt un pot, tantôt une couronne, tantôt un écu, etc.

Les papiers de coton, comme nous l'avons dit, sont employés aujourd'hui pour tous les livres qui ne sont pas d'un luxe exceptionnel. Ces papiers sont fabriqués non à la forme, mais à la mécanique.

Le papier de coton, bien qu'il ne donne pas les mêmes promesses de durée que le papier de fil, est capable de se conserver intact par delà les limites ordinaires de la vie humaine (ce qui doit rassurer les bibliophiles), lorsque du moins le coton y est pur, et non mêlé, comme il arrive souvent, à des substances fibreuses végé-

tales et minérales, telles que paille, écorce
d'arbre, kaolin, sable, etc.

Le papier teinté ne diffère pas essentiellement par sa fabrication de tout autre
papier incolore; la teinte résulte d'une
substance colorante ajoutée à la pâte. Ce
n'est là qu'un artifice pour plaire aux
yeux.

Le papier de Chine a besoin d'une men-
tion spéciale; il en faut préciser l'emploi.
Toute personne qui n'est pas absolument
étrangère aux livres et aux estampes sait
distinguer le vrai papier de Chine du
chine français qui en diffère sensible-
ment. Nous parlons ici du vrai chine, lé-
ger comme du liége, très-mince et très-
spongieux à la fois, et doux et brillant
comme un foulard de soie. Malgré toutes
ces qualités, le papier de Chine, trop in-
consistant, doit sa réputation, non pas à

sa propre beauté, mais bien à ses affinités particulières avec l'encre d'impression. Son tissu lisse et mou tout ensemble est plus apte qu'aucun autre à recevoir un beau tirage. Cette propriété, qui fait rechercher le papier de Chine pour le tirage des gravures, est celle-là même qui en justifie l'emploi pour les tirages typographiques. L'impression y vient avec une incomparable netteté. Les livres imprimés en petit texte gagnent particulièrement à être tirés sur chine.

Nous rappelons aux amateurs que ce papier, fabriqué avec des substances végétales, est soumis à un travail incessant de décompositon d'où résultent assez promptement ces petites taches jaunes ou piqûres dont aucun papier, d'ailleurs, n'est absolument exempt. C'est l'humidité, ce grand agent de décomposition, qui hâte l'apparition de ces taches. Il importe au bibliophile de les prévenir, ce qui peut se faire aisément au moyen de l'encollage. Nous ne saurions trop donner le conseil de faire encoller les papiers de Chine immédiatement après l'impression du volume, les piqûres apparaissant souvent au bout d'une année.

V

DE LA RELIURE

La reliure peut et doit orner le livre
qu'elle revêt, mais il faut avant tout
qu'elle le protège. Il est nécessaire d'at-
tendre, pour faire relier un livre, qu'il
soit parfaitement sec, ce qui n'arrive
que quelques mois et parfois même une
année et plus après le tirage; car certains papiers, surtout ceux de fil, sont particulièrement sujets à garder l'humidité.
Les opérations que nécessite la reliure, si
elles sont appliquées à un livre humide,
ont le fâcheux résultat d'en maculer les
feuillets. Mais dès que le livre est bien
sec, surtout si c'est un exemplaire tiré sur
papier de Chine ou sur tel autre papier de
choix, il convient, pour lui assurer les

meilleures conditions possibles de conser-
vation, de le confier aux soins d'un bon
relieur. Si toutefois il ne plaît pas au bibliophile de donner immédiatement à ce
livre une reliure définitive, il peut le
faire cartonner. Mais qu'on ne pense pas
que ce soit chose indifférente de confier
le plus simple cartonnage à un bon ou à
un mauvais ouvrier. Un livre, dans ce
cas même, court risque d'être irréparablement gâté, s'il est préparé par une
main maladroite.

Aussi devons-nous nommer ici M. Raparlier, qui opère le laminage ou battage
et le repliage pour des cartonnages de
deux francs avec les mêmes soins intelli-
gents que prennent les meilleurs ouvriers
quand il s'agit d'une reliure de trente
francs ou plus. Une telle façon de procé-
der nous fait estimer particulièrement

les élégants cartonnages en demi-toile anglaise et les demi-reliures de maroquin à long grain qui sortent de l'atelier de M. Raparlier.

L'opération qui a pour but de donner une surface plane aux feuillets du livre, le battage, se faisait jadis uniquement au marteau; on emploie aujourd'hui le laminoir, avec lequel on obtient cette précision un peu dure qui caractérise le travail de toute machine. Le battage au marteau, qui n'est pas complètement abandonné, produit des effets qui dépendent entièrement de l'ouvrier. S'il est habile, son travail a une souplesse, un moelleux que la main humaine peut seule donner. Il est des relieurs qui emploient avantageusement les deux procédés. Quand le livre est passé au laminoir, ils lui donnent avec adresse le coup de marteau dé-

cisif, duquel résulte la belle tournure et
le *je ne sais quoi* qui est l'empreinte de
l'ouvrier artiste.

Le livre n'est plus cousu aujourd'hui de
la façon qu'il l'était autrefois. La qua-
druple ou quintuple ficelle sous laquelle
viennent passer tous les fils destinés à re-
tenir les feuillets, et qui faisait horizon-
talement saillie sur le dos des vieux livres, est maintenant engagée dans un
cran pratiqué dans les feuilles mêmes,
au moyen d'une petite scie: cela s'appelle
grecquer. Et ce terme implique, selon
toute apparence, que c'est là une sorte de
tricherie pour gagner du temps et pour
échapper à l'obligation de faire piquer à
l'aiguille par de bonnes ouvrières. Il résulte de ce procédé rapide, mais brutal,
que le livre s'ouvre extrêmement mal.
Un livre de quelque valeur ne doit être

honorablement relié que par l'ancienne
méthode, c'est-à-dire cousu sur nerfs.

Il faut dire que sur un point la reliure
moderne a vaincu en élégance la reliure
ancienne. Les plats, qui se soulèvent mal
dans les vieilles reliures, jouent maintenant comme des couvercles sur leurs
charnières, les gardes ne sont plus cou-
sues avec le livre même, elles sont posées
après coup sur les plats ouverts.

L'amateur doit ou faire cartonner son
livre, comme nous l'avons dit, ou lui donner pour vêtement soit une demi-reliure,
soit une reliure pleine. La demi-reliure
n'est pas définitive; elle n'a pas à être
fort riche, mais elle doit être élégante. Il
en est un type dont on ne peut guère s'é-
carter: c'est la demi-reliure avec coins,
tranche supérieure dorée, les autres tran-
ches seulement ébarbées.

Nous placerons ici une observation qui s'applique également aux cartonnages. Les livres tirés sur papier de choix offrent une particularité due aux nécessités du tirage; ils sont munis de *fausses marges*, c'est-à-dire que les marges extérieures d'un certain nombre de feuillets dépassent, et souvent de beaucoup, les marges correspondantes des autres feuillets.Quelques amateurs ne font pas tomber à la reliure ces fausses marges. Il nous semble meilleur de les rogner: elles proviennent, non d'une intention artistique, mais d'une nécessité matérielle; ces différences dans la dimension des papiers, loin d'être un ornement, donnent au livre un aspect irrégulier qui ne saurait être agréable.
La reliure pleine est la seule qui soit définitive. C'est pourquoi nous considérons la tranche dorée comme une particularité

qui lui est nécessaire. Un livre vêtu d'une
reliure pleine et non rogné nous paraît
offrir par là une inconséquence choquan-
te. D'ailleurs la dorure de la tranche peut
seule empêcher ces petites taches ou piqûres que l'humidité produit à la longue
au bord des livres les plus soigneusement
conservés. Nous n'avons pas besoin de
dire qu'un livre doit, dans tous les cas,
être peu rogné, et que quelques *témoins*
doivent apparaître comme gage du respect que le relieur a eu des marges. Les
marges d'un livre sont comme le cadre
d'un tableau: leurs proportions importent
à l'effet plastique de la page.
Les reliures pleines vraiment riches et
magistrales se font en maroquin du Le-
vant. Il y aurait un autre genre de reliure
qui nous plairait particulièrement pour
les réimpressions, parce que son style ar-

3 e

chaïque serait en harmonie avec ces sortes d'ouvrages: c'est la reliure en vélin; par malheur, nous ne connaissons pas un seul atelier où on le fasse à la satisfaction d'un véritable connaisseur. Nous espérons qu'un relieur artiste et patient viendra un jour, qui reprendra sur ce point et adaptera au goût de notre époque les traditions du XVIe siècle.

Un mauvais relieur gâte irréparablement un livre, un bon relieur le rend durable et l'enrichit.

Voici les noms des relieurs qui ont fait preuve, à notre connaissance, d'habileté, de soin et de goût:

MM. Allô, les successeurs de Capé, Chambolle, successeur de Duru, Cuzin, David, Hardy, Lortic, Thibaron, Trautz-Bauzonnet.

Nous n'avons nommé ici que des hommes

excellant dans leur art. Tous n'ont point les mêmes qualités; ainsi, pour ne citer qu'un exemple, les reliures de Trautz-Bauzonnet sont solides et un peu massives, tandis que celles de Capé sont élégantes et légères jusqu'à l'excès; mais les unes et les autres témoignent d'un véritable souci de bien faire et sont justement prisées.

S'il est quelque relieur amoureux de son art et soigneux de sa réputation que nous n'ayons pas cité dans notre liste, nous le regrettons profondément. Nous ne disons que ce que nous savons et nous serions heureux qu'on nous instruisît à notre tour.

Il nous reste à dire un mot de la dorure. Le XVIe, le XVIIe et le XVIIIe siècle nous ont légué un trésor inépuisable de motifs destinés à l'ornementation des livres. Nos doreurs les appliquent avec une habileté de main qu'on n'avait ni au XVIe ni au XVIIIe siècle. MM. Marius Michel et Wampflug doivent être nommés ici. M. Wampflug se fait remarquer par la solidité et l'éclat de sa dorure, M. Marius par l'art exquis des arrangements et le choix des motifs. Ce sont ces deux artistes qui font presque toute la dorure des relieurs dont nous avons parlé plus haut. Cependant M. Trautz-Bauzonnet fait sa dorure lui-même. M. Lortic dore également lui-même. Sa vitrine, placée à l'exposition de Vienne, dans la classe des arts industriels, contenait une série chronologique de reliures de tous les styles, dont notamment quelques-unes, à mosaïques et à compartiments, sont des œuvres qui témoignent d'un soin patient et d'un goût délicat et font songer, par

le prodigieux travail qu'elles ont coûté,
aux pièces de maîtrise des anciennes cor-
porations.

Si la reliure est un art et si, par exemple,
un livre aux armes de Marie Stuart peut
être comparé à la cassette de cette reine
dont M. Luzarche a publié les dessins,
c'est particulièrement à la dorure que le
vêtement d'un livre doit de pouvoir at-
teindre à la beauté artistique. Nous parlons de la dorure aux *petits fers*; non de
celle qui est appliquée, d'un seul coup, à
l'aide du balancier, sur le plat de maroquin, mais de celle qui, poussée à la main,
au moyen de fers de minime dimension,
exige de la part de l'ouvrier du goût dans
la combinaison des motifs et de l'habileté
dans l'application des fers. En songeant
à ce que coûte d'invention et d'adresse
manuelle une large dentelle d'or compo-

sée d'une infinité de pièces mobiles appliquées isolément, on comprend que, si le
prix d'une reliure ne peut dépasser une
certaine limite, il est des dorures qui, par
leur caractère hautement artistique, é-
chappent à toute appréciation vénale.

APPENDICE
SUR LA
REPRODUCTION DES TEXTES

APPENDICE

Nous donnons ici deux exemples d'infidé-
lité notoire dans la reproduction des textes, pour que l'on voie à quel point la pen-
sée d'un auteur peut quelquefois être dé-
naturée par des éditeurs qui se croient en
droit de la corriger et de l'embellir à leur
gré. Le premier exemple se rapporte à
des strophes bien connues de Marguerite
de Navarre, le second est tiré de la tra-
duction de *Daphnis et Chloé* de Jacques
Amyot.

A la suite, un troisième exemple met en
regard un fragment du texte original de
Rabelais et le passage correspondant
d'une édition d'ailleurs savante. On ver-
ra que le texte de l'auteur a subi de graves
altérations pour avoir été soumis à un
système raisonné d'orthographe.

PENSEES
DE LA ROYNE DE NAVARRE,
ESTANT DENS SA LITIERE,
DVRANT LA MALADIE DV ROY.

Sur le chant de:
Ce qui m'est deu & ordonné.

*

Làs, celuy que vous aymez tant
Est detenu par maladie,
Qui rend son peuple mal content,
Et moy enuers vous sy hardie
Que i'obtiendray, quoy que lon die,
Pour luy tresparfaite santé:
De vous seul ce bien ie mendie,
Pour rendre chacun contenté.

. . . .

Helàs, c'est vostre vray Dauid
Qui en vous seul ha sa fiance,
Vous viuez en luy tant qu'il vit;

Car de vous ha vraye science;
Vous regnez en sa conscience,
N'y n'ha son coeur en autre lieu.

. . . .

Ie regarde de tous costez
Pour voir s'il arriue personne,
Priant sans cesser, n'en doutez,
Dieu, qui santé à mon Roy donne...

(Margverites de la Margverite des princesses,
tresillvstre royne de Navarre. A. Lyon, par Iean
de Tovrnes, M. D. XLVII. — T.I, pages 468—471.)

DE FRANÇOIS PREMIER

Rendez tout un Peuple content,
O vous, notre seule espérance,
Dieu! celui que vous aimez tant,
Est en maladie & souffrance.
En vous seul il a sa fiance.
Hélas! c'est votre vrai David;
Car de vous a vraie science:
Vous vivez en lui, tant qu'il vit.

. . . .

Je regarde de tout costé,
Pour voir s'il n'arrive personne;
Priant la céleste bonté,
Que la santé à mon Roi donne...

(*Annales poétiques, ou Almanach des Muses*, depuis l'origine de la Poésie Françoise. A Paris, chez *Delalain*... M. DCC. LXXVIII. — T.II, pages 105-106. — In-18.)

DE DAPHNIS ET DE CHLOE

Ainsi qu'ilz mengoient & s'entrebaisoient plus de fois qu'ilz n'aualloient de morseaux, ilz aperceurent une barque de pescheurs qui passoit au long de la coste. Il ne faisoit bruit quelconque, & estoit la mer fort calme, au moyen dequoy les pescheurs s'estoient mis à ramer à la plus grande diligence qu'ilz pouuoient, pour porter en quelques bonnes maisons de la ville, du poisson tout fraiz pesché, & ce que les autres mariniers & gens de rame ont tousiours accoustumé de faire pour soullager leur trauail, ces, pescheurs le faisoient alors: c'est que l'vn d'entre eux pour donner courage aux autres chantoit ne sçay quel chant de marine,& les autres luy respondoient à la cadence, comme lon faict en vne dance.

(A Paris pour Vincent Sertenas... 1559. — F. 52, v⁰.)

DAPHNIS ET CHLOE DE LONGUS
TRADUCTION D'AMYOT

Ainsi qu'ilz mangeoyent ensemble, ayant
moins de souci de manger que de s'entre-
baiser, ilz apperceurent une barque de
pescheurs, qui passoit au long de la coste:
il ne faisoit bruit qeulconque, & estoit la
mer fort calme, au moyen de quoy les
pescheurs s'estoyent mis à ramer à la plus
grande diligence qu'ilz pouvoyent, pour
porter en quelques bonnes maisons de la
ville du poisson tout fraiz pesché; & ce
que les autres mariniers & gens de rames
ont tousjours accoustumé de faire pour
soulager leur travail, ces pescheurs le fai-
soyent alors; c'est que l'un d'entre eux,
pour donner courage aux autres, chantoit ne sçays quel chant de marine, dont
la cadence regloit le mouvement des
rames, & les autres, de mesme qu'en un
chœur de musique, unissoient par inter-
valles leur voix à celle du chanteur.

(Romans Grecs. A Paris, chez Lefèvre, éditeur, 1841.-P.66.)

RABELAIS

*Ie vous remectz à la grande chronicque
Pantagrueline recongnoistre la genealogie & antiquité dont nous est venu Gargantua. En icelle vous entendrez plus
au long comment les Geands nasquirent en ce monde: & comment d'iceulx
par lignes directes yssit Gargantua pere
de Pantagruel: & ne vous faschera: si
pour le present ie m'en deporte. Combien
que la chose soit telle: que tant plus seroit
remembrée: tant plus elle plairoit à vos
seigneuries: comme vous avez l'autorité
de Platon in Philebo & Gorgias, & de
Flacce: qui dict estre aucuns propos telz
que ceulx cy sans doubte: qui plus sont
delectables: quand plus souuent sont redictz.*

(Grands Annales ou Croniques tresueritables des Ges-
tes merueilleux du grand Gargantua...(1542.-Chap.I.)

RABELAIS

Ie vous remetz a la grande chronicque
pantagrueline a congnoistre la genealogie
& anticquité d'ond nous est venu Gargantua. En icelle vous entendrez plus au
long comment les geands nasquirent en
ce monde, & comment d'iceulx par lignes
directes yssit Gargantua, pere de Pantagruel: & ne vous faschera si pour le present ie m'en deporte. Combien que la
chose soit telle que, tant plus seroit re-
membree. tant plus elle plairoit à vos
seigneuries: comme vous auez l'authorité
de Platon *in Philebo. & Gorgias*, & de
Flacce, qui dict estre aulcuns propous,
telz que ceulx cy sans doubte. qui plus
sont delectables quand plus souuent sont
redictz.

RABELAIS

*Ie vous remectz à la grande chronicque
Pantagrueline recongnoistre la genealogie & antiquité dont nous est venu Gargantua. En icelle vous entendrez plus
au long comment les Geands nasquirent en ce monde: & comment d'iceulx
par lignes directes yssit Gargantua pere
de Pantagruel: & ne vous faschera: si
pour le present ie m'en deporte. Combien
que la chose soit telle: que tant plus seroit
remembrée: tant plus elle plairoit à vos
seigneuries: comme vous avez l'autorité
de Platon in Philebo & Gorgias, & de
Flacce: qui dict estre aucuns propos telz
que ceulx cy sans doubte: qui plus sont
delectables: quand plus souuent sont redictz.*

(Grands Annales ou Croniques tresueritables des Ges-
tes merueilleux du grand Gargantua…(1542.-Chap.I.)

RABELAIS

Ie vous remetz a la grande chronicque
pantagrueline a congnoistre la genealogie
& anticquité d'ond nous est venu Gargantua. En icelle vous entendrez plus au
long comment les geands nasquirent en
ce monde, & comment d'iceulx par lignes
directes yssit Gargantua, pere de Pantagruel: & ne vous faschera si pour le present ie m'en deporte. Combien que la
chose soit telle que, tant plus seroit re-
membree. tant plus elle plairoit à vos
seigneuries: comme vous auez l'authorité
de Platon *in Philebo. & Gorgias*, & de
Flacce, qui dict estre aulcuns propous,
telz que ceulx cy sans doubte. qui plus
sont delectables quand plus souuent sont
redictz.

(*Œuures de François Rabelais. A Paris, Chez Th. Desoer...*
M.D.CCC.XX.)

TABLE

Cet ouvrage a été achevé d'imprimer par
les maîtres-imprimeurs Boosten & Stols
sous la direction de A.A.M. Stols
à Maestricht le 15 juillet 1926.

N° 177

LES LIVRETS DU BIBLIOPHILE
PUBLIÉS SOUS LA DIRECTION DE A.A.M.STOLS

1. CHARLES NODIER . . . . . . Le Bibliomane.

2. PAUL CLAUDEL . . . . La Philosophie du Livre.

3. ANATOLE FRANCE . . Le Livre du Bibliophile.

4. CLAUDE AVELINE . "Les Désirs", ou Le Livre Égaré.

5. STÉPHANE MALLARMÉ . . Quant au Livre.

6. PAUL VALÉRY . Notes sur le Livre et les Manuscrits.

7. GUSTAVE FLAUBERT . . . . Bibliomanie.

8. VALERY LARBAUD . Ce Vice Impuni, La Lecture...

9. CHARLES ASSELINEAU . L'Enfer du Bibliophile.

10. GEORGES DUHAMEL . Lettre sur les Bibliophiles.